GVSTAV KLIMT

international art...
formed the finest...
hands.

Purchase, Walls Fund...
Nancy Walters, and Wi...
Collis P. Huntington,...
1980:442

나의 직업은 '따뜻한 맞장구를 쳐주는 사람'입니다.
봄, 가을은 학교에서 아이들에게,
대부분의 여름과 겨울엔 조금 먼 곳에서
따뜻한 맞장구를 칩니다.

나의 어린이들, 여행 중 만나는 사람들과 나눈
다정한 시간이 담겨있는 책입니다.

다정한 시간
따뜻한 맞장구

원영주 지음

"영채는 어쩜 이리 사과 같아!"
"선생님은 복숭아 같아요."

사과 같은 나의 어린이들과,
복숭아 같은 나의 이야기.

차례

매일매일이 낭만적인 밤   012

어디에 머무를 것인가 정하는 일   016

여행을 함께하는 사람들과 여행을 하는 나의 이야기   043

가을   050

남미의 첫인상   056

촘촘하지 못해   072

예쁘고 맛있는 거   074

그리고 나는 영어를 못한다   092

아이들의 이야기를 엿듣는 것은 흥미롭다   095

나는 친절함과 상냥함에 약하다   100

여행 중 여행 떠나기. 무언가 낭만. 하트   120

여행 중 좋아하는 시간   132

내가 늘 좋아하는 시간   150

상추 폭발   163

닿기   170

여행 중 우연히 만나게 되는 곳   178

여행 중 꼭 들르는 곳   182

탐나는 것   204

스페인 엄마와 생일파티   217

메리 크리스마스   219

2월의 메리 크리스마스   223

근사하다   224

좋은 건 왜 항상 찰나적일까   229

비행기를 타는 책   238

supplement 기록 없는 여행의 기록   239

epilogue 다정한 시간 따뜻한 맞장구   254

매일매일이 낭만적인 밤

스물셋, 대학교 4학년. 임용고시를 준비하며 이른 아침부터 늦은 저녁까지 도서관에서 보냈다. 힘들던 그때 나와 자영이는 입버릇처럼 "조금만 참자. 합격하면 에펠탑 밑에 앉아 바게트 먹자!"라며 서로를 위로하곤 했다. 그 장소가 에펠탑이 되었던 특별한 이유는 없었고 언제부터 시작된 위로인지도 모르겠다. 사회인이 되면 정말 어른이 되는 것 같았고 파리는 어른이 된 우리에게 꽤 멋있게 어울리는 장소라고 생각했었던 것 같다. 그리고 그 꿈은 실제로 이루어졌다. 우리는 두 손 가득 빵을 들고 에펠탑으로 갔다.

그날 일기에

11/ 7/ 28 '대체 에펠탑은 어디에 있는 거야.'라며 서두르던 순간, 고개를 살짝 돌리니 정말 에펠탑이 눈앞에 있었다.

자영이랑 유럽에 와서 요 며칠 '우-와'를 수도 없이 외쳤지만, 정말 이번엔 꺅-! ♥ 감동. 보고 또 보고 또 봐도 또 또 보고 싶은, 집으로 돌아가려다가도 꿈인 것 같아 한 번만 더! 하며 둘이 동시에 샥! 뒤를 돌면 여전히 짠! 하고 에펠탑이 서 있는 게 신기했다. 그렇게 한걸음 가고 돌아보고, 한걸음 가고 다시 돌아보고.

내 상상 속 모습보다 훨씬 웅장하고, 반짝이고, 로맨틱했다. 한눈

에 다 담을 수 없이 커다란 크기 때문이었는지 마음이 꽉 찬 느낌
이었다. 빵~ 터져버릴지도 모른다고 생각했다.
　매일매일이 낭만적인 밤이다.

라고 적혀있던데, 잊고 지낸 마지막 말이 너무 좋다.

　'매일매일이 낭만적인 밤.'

　이때부터 나는 '역시 다짐은 하고 봐야 해! 계속해서 이야기하면
꼭 이루어져!'라는 나만의 규칙이 생겼다. 그래서 "꼭꼭 서른이 되
기 전에 파리로 다시 갈 거야!"라고 수도 없이 이야기했고, 3년 뒤
다시 그곳에 갈 수 있었다.

　다시 찾은 에펠탑.
자영이에게 이 기쁜 소식을 빨리 알려주고 싶어 에펠탑 사진과 함
께 "같이 왔던 때가 많이 생각나."라는 메시지를 보내주었더니
"파리는 여전히 낭만적이네."라는 답장이 왔다.

　스물다섯 그날의 우리가 같은 생각을 하고 있었구나.

세 번째 파리 2016.

  내 눈에 보이는 모든 골목을 걸었다. 오른쪽 골목으로 걸어가면서
왼쪽 골목의 모습도 너무 궁금했다. 그래서 꼭 제자리로 돌아와 못
가본 그 길을 걸었고 동시에 이미 걸어온 길도 그새 아쉬워졌다. 세
번째인데도 이 도시에 대한 갈망은 끝이 없다.

  '아, 차라리 빨리 질려버렸으면 좋겠어.'

  파리 여행 내내 이 혼잣말을 얼마나 중얼거렸는지.
  그렇게 걷다 보면 캄캄한 밤이다.

  집으로 돌아가는 길. 매일 밤 (겁은 많아서) 어두워진 길을 총총총
빠른 걸음으로 돌아오다가도 우리 집이 보이기 시작하면 이 사진쯤
멈춰 서서 꼭 창문 안을 들여다보았다. 그냥 들어가서 보면 될 것을.
창에 이마가 닿을 정도로 가까이서 들여다보았다가, 이마가 닿으면
다시 몇 걸음 뒤로 물러나 쳐다보았다가. 한참을 그래 놓곤 저 모퉁
이를 돌아 문 앞에 가서도 바로 들어가지 못하고 길 건너 반대편에
서도 바라보고. 아껴 아껴 보았다. 빤히.

나의 여행의 시작
어디에 머무를 것인가 정하는 일

언제부터인가
여행에서 '어디에 머무를 것인가'를
가장 중요하게 생각하게 됐어요.

　"우리 두브로브니크 집에 가면 꽃을 사서 꽂아두자." 했는데 이미 집안 곳곳에 꽃이 가득했던 곳. 어느 날은 기절한듯한 잠으로 밤을 보내고, 또 어느 날은 밤새 이야기하다 창문 밖 밝아오는 새벽도 맞이했던 2층 다락방. 일 층에는 커다란 과일가게가 있고, 꽃길을 걸어 해변으로 이어지던 우리 집.

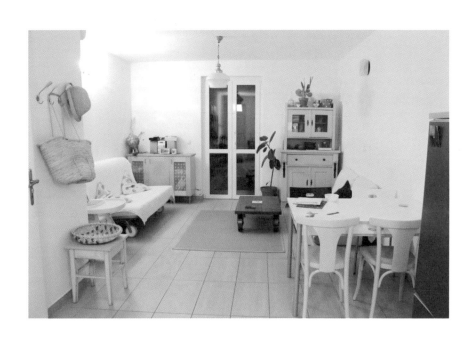

가끔 숙소에 반해 나의 여행이 시작되는 때가 있다.
머무를 곳이 여행지보다 먼저 정해지는 때.

창을 모두 활짝 열고 싶어 아침을 기다려요.

일본 영화 '수영장'의 촬영지. 이곳에 반해 치앙마이행 비행기 표를 끊었다. 영화가 나온 지 한참인데 그 차분함과 잔잔함이 어떻게 그대로인지. 영화에 나왔던 방이라며 안내해준 곳은 커다란 창이 벽면 가득 마주 보고 있다.

창밖으로는 온통 초록이다. 바람 솔솔.
그 초록이 좋아 온종일 창을 열어두었다가 그대로 잠이 들었다. 비가 내리기 시작했고 곧 장대비로 변해 빗소리에 잠이 깼다. 창밖의 초록은 까만색으로 변해 아무것도 보이지 않았다. 다시 잠을 청하려는데 무섭게 퍼부어대는 빗소리 속에 저벅저벅 발소리가 함께 들린다. 늦은 밤 온통 초록이고 검정인 깊은 숲 같은 곳에 발소리가 들리니 으스스한 기분이 들어 잠이 오지 않았다. 말도 안 되게 반딧불이 날아다니는 그곳에는 말도 안 되게 곰이나 호랑이도 있을 것만 같아 더 으스스했다. 나는 그 소리에 온 신경이 집중되어 점점 더 이불 속 겁쟁이가 되었다. 캄캄한 바깥으로 몸을 쭉 내밀고 창을 닫을 용기도, 곤히 자는 친구를 깨울 용기도 나지 않아 한참을 망설이다 결국 친구를 흔들어 깨웠다. 미안. 자다 깬 친구는 아무렇지도 않게 함께 창을 닫아주었다. 고마워. 많은 창을 꼭꼭 닫고 그제야 잠이 들었다.

눈을 뜨니 다시 초록인 아침이 되었다. 겁쟁이는 밤과 함께 사라지고 다시 신이 나서 어서어서 밖으로 나왔다. 밖으로 나오니 현관문에 열쇠가 대롱대롱 꽂혀있다. 어젯밤 들어오면서 꽂아두고 깜박한 것. 밤새 '모두 들어오세요.' 하듯 키는 꽂아두고 이불 속에서 무서워했다니. 그제야 친구도 간밤의 창문 사건에 웃는다. 정말 미안. 친절한 주인아저씨도 '너희 어제 열쇠 꽂아두고 잠들었지?'라며 웃는다. 아저씨 발소리였구나. 많은 비에 걱정이 되어 한 바퀴 살피셨나 보다. 고마워요. 코쿤카.

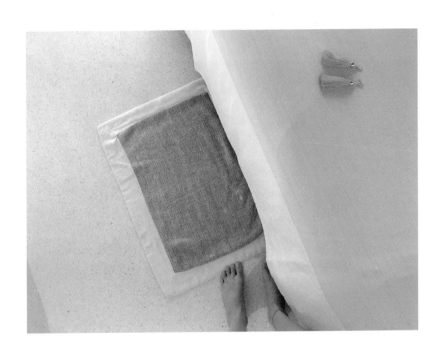

15/ 7/ 30 태어나 처음 혼자 여행을 왔다. 우리나라 여행도 혼자 해본 적이 없는데 그것도 멀-리. 많은 생각을 하고 가져온 책을 다 넘기고도 혼자는 지루할 수도 있겠구나 싶었는데 4일이 왜 이리 짧은지. 혼자만의 시간이 끝나고 친구가 (역시나 혼자 처음 멀-리) 오고 있다. 친구와 만나기로 한 숙소에 내가 먼저 도착했다. 방문을 열고 탄성이 터져 나와 같이 맞장구쳐줄 친구가 더 보고 싶어졌다. 잠시 후면 반가운 얼굴이 도착이다. 이 '우와우와.' 한 기분을 친구도 똑같이 느꼈으면 해서 방에 커튼 하나 건드리지 않고 기다린다. 얼른 와, 만나면 우리 마당에 있는 수영장에서 물놀이하자!

마당을 질러 수영을 하러 가는데 반짝이는 것이 앞장선다. 어, 반딧불!
반딧불이 날아다니는 곳에서 수영을, 꿈인가. 반딧불은 처음 봤는데 너무 신기했다.

여행 취향이 꼭 맞는 친구와 고른 파리 도미토리.
우연하게 방에 모두 동갑내기 여자들이 묵었다.

16/ 8/ 13 간질간질한 커튼

여행 19일째. 오늘은 푹 자고 한국 내방, 내 침대 위라고 생각하며 잠에서 깼다.
하마터면 내 방과 반대로 놓여있는 침대에서 떨어질 뻔했다. 눈 떠보니 요 간질간
질한 커튼이. 여행이 시작되고 처음 단잠이었다. 그리고 늦잠.
(결국 체크아웃 시간에 친절한 호스트에게 친절하게 반은 쫓겨남)

잠도 안 자고 창에 붙어 해가 지는 모습도 뜨는 모습도 지켜봤다. 마지막
이십 대의 밤도 서른 살이 되던 아침도 창 앞에 있었다. 뉴욕에 도착해서
내 SNS는 줄곧 요 창 앞에서 찍은 사진이다. "뉴욕까지 와서 방에만 있
는 거 아니에요." 해명해야 했다.

욕실 천장도 유리로 되어있어 하늘과 구름이 보였다. 비누 냄새가 나는 구름이었다.

Bangkok, Thailand

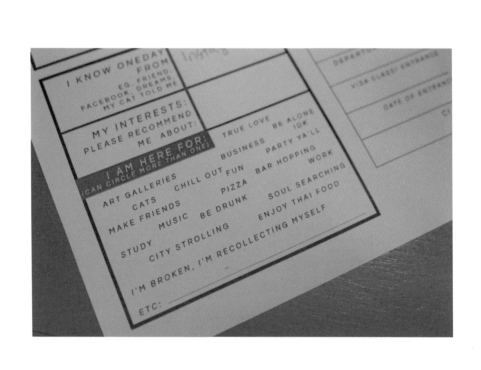

여행을 함께하는 사람들과 여행을 하는 나의 이야기

1 나는 이성적인 사람일까, 감성적인 사람일까. 이것과 절대적 연관이 있다고 (절대로) 생각하지 않지만 어쩐지 이과는 이성적인 사람의 적성인 것만 같고 나는 이과다. (하하. 멍청한 소리) 어쨌든 모든 공간의 아름다움을 사랑하는 나는 감성적이면서도 공부와 일에 관해서는 철저하게 이성적이다. 어떤 일에 대해 야무짐을 좋아하고, 그 과정에는 아름다움이 있어야 한다고 생각한다.

 이날은 세비야의 강변을 걷다가 함께 여행하는 다섯 사람의 성향에 관해 이야기하던 중이었다. 자신에겐 없는 서로의 어떤 점들에 놀라기도 하고, 과연 우리는 서로 잘 맞는지 아닌지 그 어떤 점들을 맞춰보던 끝에 핸드폰을 꺼내 성격검사를 했다. 학교에서 아이들과 여러 번 했던 검사인데 여러 번을 해도 항상 같은 결과가 나오는 것이 신기했다. 이렇게 늘 고민되었던 나의 정체성이 검사의 모든 결과에 '감성적임'이라고 나왔을 때 꽤 맘에 들었다.

 하지만 이렇게 나름 감성적이라고 생각하는 나는 이번 여행을 함께한 나보다 더 꼼꼼하고 철저하게 감성적이고, 똑똑하게 감성적인, 감성마저 야무진 감성꾼들 앞에서 수줍고 반성하게 되고 용기가 없었다. 좋은 자극.

2 "언니는 굿 리스너인 것 같아요." 라고 말할 수 있어 기뻤다.
 "보통 관심 있는 것은 쉽게 기억하겠지만, 언니는 이렇게 많은 분야에 대해 기억하고 공감해주는 게 대단해요."
 언니가 이 말을 기억하고 있을지는 모르겠지만 정말 실제로 그랬다. 그리고 다 표현해 전달하지 못했지만 이건 나머지 일행 모두에게 진심

으로 이야기해주고 싶었던 말. 보통의 나는 마음속으로만 생각하고 말았을 이야기인데 전달할 수 있어 정말 기뻤다.

몇 해 전 어른이 되고 새로 사귄 친구에게 늘 감탄했던 점. 칭찬하기. 모든 사람의 당연한 것, 작은 것까지 꼭 자신의 언어로 다시 칭찬해주던 친구. 이때 한동안 감탄하고 놀라며 일기에

'좋은 것에 대한 표현을 많이 많이 하는 내가 되어야겠다.'

라고 써 두었는데 늘 그렇듯 지키지 못하고 오래오래 쌓아둔 다짐을 드디어, 긴 시간 들여 연습하고 완성한 기분이 들어 기뻤다. 그 말을 과거의 이야기가 되지 않게, 늦지 않고 같은 시간의 흐름에 흘러갈 수 있게 해두어서 정말 다행이라고 생각했다.

3 문제는 지금부터인데, 이 야무진 감성꾼들에게 받아온 새로운 자극들을 또 쌓아만 두고 있다는 것.

매해 여름 여행을 마치고 집에 돌아오면 가을이 되어있다. 이렇게 계절이 바뀌면, 특히 9월은 빼도 박도 못하게 가을로 들어서는 문 같고 그럼 너무 좋았던 나의 여름도 같이 영영 가버릴 것만 같다. 여행은 실제로도 한 달 전 일이 되어가고 나는 그사이 아무것도 시작하지 않았다.

4 이렇게 애매하게 쥐고 있는 신선한 자극들을 어떻게 해야 할까. 요즘 자꾸 나의 의지를 타인에게 묻는 나쁜 버릇이 생겼다.

"그렇지? 내가 이상한 거 아니지?", "네가 나라면 어떻게 하겠어?"

이 말들과 함께 입버릇처럼 하는 말이 있으니

"아, 내가 앞으로 뭘 하고 싶은지 모르겠어. 아무것도 다 하기 싫어."

이렇게 갑자기 울상으로 이야기하면 (몇 초 전까지만 해도 꺄르르 꺄르르 하하 호호하던 내가 당연히 이상해 보일 터) "뭐야 너 지금 완전히 신나 보이는데?"라는 대답만 돌아오지만, 이 대답이 또 좋다.

5 입버릇처럼 하는 말 뒤엔 "뭐가 되고 싶어?"라는 뜬금없고 맥락 없는 질문도 종종 하는데, (우리 반 어린이들에게나 하다가 자기 일을 갖고 한지 한참이고, 모두 잘 살아가고 있는 삼십 대에게 묻기엔 뜬금없는 질문이라 생각했는데) 여기에 당연하게 대답하는 사람이 꽤 많아 내가 더 당황한다. 그리고 그 대답엔 내 질문보다 더 생뚱맞은 것들이 많아 놀란 토끼 눈에 의심과 장난을 가득 담아 보내는데 의외로 상대방은 확신에 찬 눈이다. 나는 그럼 뭐가 되고 싶은 걸까.

6 갑자기 네르하 해변에서 막내 하빈이가 했던 질문이 떠오른다. 남자애가 갖고 있기엔 너무 예쁜 이름이 탐났던 하빈이. (언니, 오빠란 말을 좋아하는데 여기 속하지 않는 친구들에겐 온전한 이름을 불러주는 게 너무 좋다.♡) 이미 우리 중 가장 많은 걸 하며 열심인 막내는 계속해서 더 하고 싶은 일과 살고 싶은 삶에 대해 고민했고, 마지막 밤까지도 형, 누나들의 생각과 경험을 물었다. 막내가 던진 질문도, 밤바다도, 별똥별도, 피카소가 좋아했던 그 와인도 모두 같이 밤새 좋아하고 공감했던 날. 나는 너무 성숙하고 멋있는 질문이라 답이 필요 없다고 생각해 "이미 충분해."라고 이야기해주었다. 그리고 한참 안달루시아의 밤하늘을 올려다보다 모두 같은 별똥별을 본 순간, 다 같이 깔끔하고 홀가분하게 (어어어어! 호들갑 떨며) '이제 됐다!' 하며 일어났다. 그런데 과연 나는 충분한가. 그때 난 왜 뻔뻔하게 홀가분한 마음으로 일어났는가. 정성스럽게 다시 답을 달아보아야겠다.

7 어렸을 적 책 좀 많이 읽으라는 잔소리를 내내 들었던, 글을 못 쓰는 나는 이야기를 이을 재주가 없어 번호를 단다. 나의 감성에 번호를 다는 건 참 이과적이지 않나? 다시 한번 말하지만, 이과는 이성적이라고 절대로 절대로 생각하지 않는다. 그냥 나의 일부분이 어쩐지 그런 느낌일 뿐.

가을 – 계절은 항상 갑자기 찾아온다

16/ 8/ 14   선크림 듬뿍.
　　　　　모자도 푹.
　　　　　양산에 부채, 선글라스까지 챙기면서 말로만
　　　　　"아~ 이제 정말 가을인가 봐." 하는 매일.

진짜 가을이 오면 난 학교에 있다. 한참 2학기 중이고, 학예회와 가을 소풍으로 어린이들과 바쁘게 보내는 계절이다.

16/ 9/ 21 야외수업

1 오늘은 가을볕이 좋아 야외수업(미술 사진 찍기 수업)이다. 여러 가지 미션을 주고 시간 안에 사진을 찍어오는 것. 미션 중엔 양 모양 구름, 예쁜 것, 부드러운 것, 세 종류의 나뭇잎, 두 가지 곤충 등이 있었는데 우리 반 어린이들이 예쁜 것에 내 사진을 찍어주었다. 정말 뻔하면서도 놀랍고 사랑스럽고 감동인 것. 하트.

2 야외수업에 왕왕왕거리며 신나서 (뛰어다니기보단) 거의 날아다니는 와중에 내 뒤에서 꼬물꼬물 사진을 찍더니 부드러운 것에 내 머리칼을 채워 넣는 아이. 아 두 번째 감동. 하트.

3 얼마 전 슬기 언니, 은진이랑 만나서 교실 이야기를 했다. 몇 해 전부터 보상 제도를 없앴는데 그 결과가 아주 좋다는 이야기. 오늘의 야외수업 미션에도 정해진 시간이 있었는데, 등수에 연연하지 않고 당연하게 일찍 끝난 아이들이 나머지 친구들을 도와주는 모습이 너무 기특했다. "일등 하면 상품 있는 거예요?", "야, 빨리하는 게 중요한 게 아니야." 같은 대화를 너희들끼리 해준 것만으로도 감사. 하트.

4 같은 일을 하며 공감하고 고민하고 이야기할 수 있는 사람들이 있어 감사. 하트.

5 우리 반 어린이들은 매일 '오늘의 감사'를 하나씩 쓴다. 나도 아이들이 집에 가고 나면 나의 오늘의 감사 한 가지를 칠판에 적어두었다가 다음 날 아침 볼 수 있도록 하는데 (예를 들면, '구름이 예뻐서 점심시간에 산책하게 되어서 감사. 대원이가 웃겨줘서 감사. 승호 목소리가 커져서 감사. 불금이어서 감사.' 같이 아주 소소한 것들) 오늘은 깜박하고 그냥 퇴근해버렸다. 이렇게 감사할 일이 많았는데, 내일 꼭 일찍 출근해서 써놓아야지. '예쁜 것에 선생님 찍어줘서 감사. 하트.'라고.

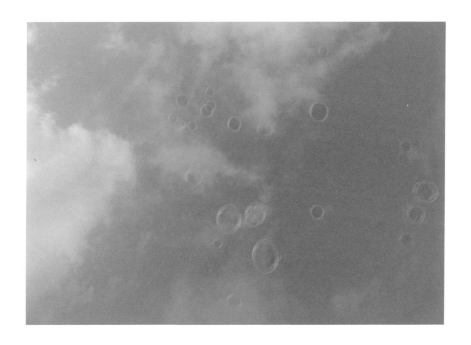

남미의 첫인상

나에게 남미는 지구 반대편에 있는 상상의 나라였다. 하늘에도 땅에도 구름이 가득한 우유니 소금사막의 사진을 보며 감탄만 하고 가봐야지 하는 생각은 못 했던 나라. '이런 세계가 있다니.' 실제로 존재하는지도 의심이 되는 곳. 그래서 더 많은 사진을 찾아보고 수없이 상상만 했던 곳이었다. 하지만 그 상상은 그곳에 실제로 가보지 않고선 충분하지 않았고, 그사이 나는 마음만 먹으면 어디든 떠날 수 있다는 걸 알게 되었다. 그렇게, 내가, 설마 그곳에 갈 줄이야.

뉴욕에서 볼리비아 라파즈로 날아와 다시 우유니행 비행기로 환승했다. 작은 비행기가 마치 시골길을 달리듯 달달 거리며 날아가 "나 지금 버스 탄 거 아니지?"하고 계속 확인해야 했다. 미지의 세계로 가는데 잘 어울리는 교통수단이라고 생각했다. 달달달, 드디어 도착이다. 기쁨인지 안도인지 비행기에 타고 있는 모두가 손뼉을 치고 환호성을 질렀다.

와, 내가 정말 이곳에 들어와 있다니. 굉장해!

미지의 세계는 갑자기 온 고산병 탓에 어질어질 빙글빙글해 정말 다른 시공간에 들어온 듯했고, 추운 나라에서 갑자기 여름 나라로 온 나야말로 두꺼운 옷에 부츠까지 신고 사막 같은 곳에 덩그러니 서있자니 더 이상한 세계에서 온 아이 같았다.

택시를 타고 우유니 시내로 들어왔다. 숙소가 아직 정해지지 않아 목적지가 없는 우리를 택시기사님이 적당한 곳에 내려주었다.

"와 남미까지 가다니." 하며 (진짜 내가 미지의 세계에 가는 듯) 배웅해줬던 친구들이 나의 도착 소식을 듣고 모두 "남미는 어때?"라고 묻는다.

택시 문을 열고 내리며 만난 나의 남미의 첫인상은 딱 요 장면.
물론 나의 오래된 상상과도 전혀 다른 모습이었다.
따뜻하고, 맑고, 여유롭고, 귀여운.
이 사진으로 대답이 좀 되었을까요.

내 상상 속에서 남미는 거친 곳이었는데
그곳의 공기는 부드럽고 모든 순간 다정했다.

남미는 튼튼하다.
유독 튼튼한 여행자들만 모인 동네,
마음이 튼튼한 사람들.
그 안에서
나도 씩씩하다.

상큼한 라임색 ☺
스마일 백패커는
하얀 머리 할머니

촘촘하지 못해

여행 중 처음부터 끝까지 아는 노래가 없다는 것을 알게 되었다. 신이 나 흥얼거리다 보면 어느 한 부분만 계속해서 흥얼흥얼. 무슨 노래를 가장 좋아했었는지, 어떤 가사이 이어지는지 생각이 나질 않아 답답한 날이었다. 그렇지만 좋아하는 것이 없어서가 아니라, 좋아하는 것이 너무 많기 때문이어서 괜찮았다.

정리는 하지 않고 좋아하는 것을 채워 넣기만 해 복잡해진 내 방, 내 옷장, 냉장고 속 같다. 분명히 쌓아놓긴 했는데 꺼내려면 어디에 두었는지 한참 생각해야 하는. 복잡해서 무엇을 흘렸는지 눈치채지도 못하다가 불현듯 잃어버린 걸 알게 된 날에는 잠들기 전까지 머릿속에 맴돌아 날 괴롭히는. 그렇지만 내 방, 내 옷장, 냉장고에 가득 쌓인 것들은 고스란히 나를 표현해준다. 그리고 이제는 그것들을 나만의 취향으로 단번에 고를 수 있다. 나의 공간을 채우고 싶은 것들은 분명하다.

나이를 먹고 많은 경험을 하면서 좋아하는 것들이 점점 늘어간다. 촘촘하지 못해 나를 이루고 있는 것들이 종종 새어나가기는 하지만, 나이를 먹으며 좋아하는 것들이 뚜렷해지고, 이렇게 확실한 취향을 가지게 되는 내가 좋다. 나의 취향은 매 순간 쌓인 나의 삶의 모습이다. 나의 일부분이 조금씩 사라진다는 건 너무 끔찍하다.

촘촘해지자. 감정은 풍부하게, 취향은 단단하게.
(방과 옷장과 냉장고는 단정하게, 제발)

예쁘고 맛있는 거

L 크로아티아 두브로브니크. 귀엽게 버려도, 쓰레기는 쓰레기통에.
R 크로아티아 스플리트. 젤라또, 하루에 하나씩.

1 예쁘고 맛있는 거.
2 어릴 적 소풍 날, 김밥 도시락을 싸던 엄마는 옆에서 꽁다리를 주워
먹는 나에게 음식도 예쁜 것만 먹으라며 동그란 김밥으로 바꿔주
곤 하셨다. 고맙고 예쁜 기억.

1 예쁘고 황당하고 맛있는 거.
2 바르셀로나에서 인테리어가 맘에 들어 찾아온 곳. 생각지도 못하게
일식뿐이었고 우린 쉐프(스페인 사람뿐)추천초밥세트를 주문했다.
한참을 기다려도 밥이 나오지 않는다. 슬슬 불안해지며 텔레비전에
서 꽃할배 백일섭 할아버지가 스페인 초밥집의 딸기 초밥에 경악하
셨던 게 떠오른다. 우리는 농담 삼아 '진짜 딸기 초밥 나오는 거 아
니야?'를 다섯 번은 얘기하며 웃고 나니 정말 딸기 초밥이 나왔다.
악, 메추리 초밥까지!

1 예쁜데 맛없던 거.
2 남들 다 먹는 거 나도 한 번 먹어보고.
3 그러다 맛없는 음식도 어쩔 수 없이 먹고.

Yogurt, NY

1 2

3

나의 뉴욕 요커트, 첫 날 fat 0% – 다음날 2% – 그 다음날 total
역시. 처음부터 total로 고를 것을.
뉴욕 우리 집 냉장고엔 언제나 바나나 푸딩과 요거트가 있었다. 든든해.

1 초콜릿으로 만들어진 잔에 체리로 만든 술. Jinjinha.
처음을 웰컴드링크로 마셔서인지 반가운 맛.
'초콜릿 + 체리 + 술 + 반가운 마음'이 사이좋은 조합.
2 처음 한 입의 기억은 언제나 단단한 법.

1 여행 첫날 욕심부려 잔뜩 쟁여둔 납작이 복숭아는 결국 쟁이고
쟁이다 떠나는 날 아침에 부랴부랴 먹어야 했다.
2 그 바쁜 와중에 갑자기 납작이 복숭아는 그 속에 씨앗도 납작
한가 궁금해져 쪽쪽 먹었다. 그런데 둥글지도 납작하지도 않고
헷갈리게 생긴 거다. 그래서 두 번째 납작이 복숭아도 쪽쪽 싹
먹었다. 아무튼 씨앗은 평범했다. 허무해라.
3 자꾸 '납작이 복숭아, 납작이 복숭아' 하니까 '납작이 복숭아'
이 말이 무언가 웃기다.

1 리스본 호스텔의 아침. 테이블보가 화려하다.
2 과일 조금,
버터 많이,
누텔라 더 많이!
음…
팬케이크 한 장 더요!

1 우아한 시리얼.
2 그릇이 없어서 와인잔에 시리얼. 작은 잔이지만 다 같이 먹자며
   숟가락 다섯 개를 챙겼는데 다들 시리얼은 먹기 싫단다. 그래놓
   곤 냄비에 말아먹는 너. 그리곤 다 같이 달려들어 먹는 우리.
3 "딱 한 입만." 하곤 언제나 같이 얼굴 묻고 먹기.

1 크로아티아 두브로브니크. 베지터블 라자냐.
2 우연히 들어갔다가 너무 맛있어서 이틀이나 갔던 곳.
3 이후 한국에서도 베지터블 라자냐 메뉴가 있으면 꼭 시켜 먹는데
   매번 그때 그 맛이 아니어서 실망한다.

1 온전히 추억의 맛.
2 폴더 전화기, 종이 지도 시절에 동네 사람들에게 물어보아도 못
   찾았던 곳인데 이번엔 스마트폰이 단숨에 데려다주었다.
3 먹는 내내 그 시절 같이 오지 못한 친구 생각이 났다.

L 귀여운 맛.
R 친구들이 대체
　귀여운 맛이 뭐냐고 했는데,
　이건 예쁜 맛.
　세상 감정적인 맛들.

피카소
의 단골 와인바
(Malaga)

테이블에 분필로 가격을 적어주고, 계산하면 쓱 문질러 지운다.
이 모습이 참 마음에 들어 모든 손님 주문할 적마다 두리번. 두리번.

아저씨가 한 잔은 계산을 안 받고 쓱쓱 가격을 지우셔서
쓱 지운 자리에 나는 ♡

L 눈이 부셔서 모자를 쓰고 먹을 수밖에 없었던 점심. 프리힐리아나.
R 유럽에서의 그 많은 밤. 같이했던 맥주들도 이야기도 그립다. 파리.

그리고 나는 영어를 못한다

16/ 8/ 3 여행자들 모두 '포켓몬고' 게임에 빠져있다. 어제저녁엔 샌프란 친구(내 맘대로 친구)가 스마트폰을 꺼내 자기가 잡은 포켓몬을 죽 자랑한다. 아는 애들이 몇 명 있길래 "오! 꼬부기!" 했더니 이 친구 갑자기 자지러진다. '꼬.부.기.' 이 말이 웃긴가? 또 또 알려달라길래 "파이리, 냐옹이" 알려주었더니 이번에는 주변에 있는 외국 친구들을 다 불러서 알려주며 따라 한다. 이 커다란 외국 친구들이 몰려와 나를 따라 하는 것도 재미있는데, 다 같이 느릿느릿 "퐈이뤼~, 꼬오부우귀이, 노ㅑ옹이~"하니까 나도 그 언어들이 웃기게 들린다. 더 재촉하기에 마지막 아는 애로 하나 더, "고.라.파.덕!" 천천히 알려주니 네 음절이 예상 밖이었는지 환호성까지 지르며 축제 분위기가 되었다. 왠지 모르게 뿌듯한 기분. 그 친구가 자기 이름을 몇 번이나 알려줬는데 외우지 못해서 마지막에 그냥 네 이름은 고라파덕으로 하자고 헤어졌다.

그리고 나는 영어를 못한다. 어떻게 내가 이 대화들을 한 거지.

16/ 8/ 4 리스본 호스텔

오늘 새벽 소파에 널브러져 있었더니 (내가 사랑하는 도시) 파리 청년들이 한국어 좀 가르쳐달란다. 새벽 네 시였는데… 자기들끼리 시계를 보며 야 무슨 이 시간에 한국말을 가르쳐달라고 하냐며 아웅다웅하는 모습이 귀여워서 알겠다 했더니 '잘 자요.'를 배워갔다. 발음이 어려웠는지 한참을 따라 하며 배우더라. 그리곤 귀엽게 "잘 자요." 하고 사라졌다. 아, 그중 빠르게 배우던 우등생 친구는 나에게 '잘 자요.'를 프렌치로 알려주었다. '본 뉘.'

배우고 싶은 말이 '잘 자요.'라니, 역시 사랑스러운 나라 파리.

17/ 1/ 15 내 영어 이름은 조이다. Joy 말고 Zoe.
부끄럽게도 발음이 어려워서 그냥 없다고 해버릴 때가 더 많다.
그런데 상대방 이름은 Seth 란다.
하, 내 이름보다 더 어려워. 부르지 말아야지.

16/ 8/ 12 미야옹.
고양이 흉내까지 내며 자기 이름을 알려주던 캣(미야옹)트리나.
바르셀로나 도미토리에서 두 밤이나 같이 보내고 헤어지는데
'bye. 수잔' 이래.
수잔이라니. 나도 이름 소개하나 만들어야지 안 되겠다.
캣트리나, 미안해할까 봐 그냥 수잔인 척했어요.

아이들의 이야기를 엿듣는 것은 흥미롭다

1 학교 복도를 걸어가는데 앞에서 손 붙잡고 신나게 걷던 일학년 어린이들이 갑자기 "오, 우리 좀 영원한 친구 같지 않냐?"라고 해 귀여워서 크게 웃다. '영원한 친구'라는 단어를 입으로 말해본 적이 있던가. 귀엽다. '~냐' 말투는 좋아하지 않는데, 어린이들의 '~냐'는 어쩐지 웃기다. 삼십 대지만 연말엔 나도 영원한 친구라는 말을 해봐야겠다. 친구들이 얼마나 견디지 못 해할까.

2 우리 반 8살 어린이들은 바람에 커튼이 날려 둥그렇게 봉- 뜬 공간을 타임머신이라고 부른다. 쉬는 시간이면 쪼르르 한 줄로 타임머신에 탑승한 엉덩이들이 보인다. 오늘도 햇볕에 커튼을 치려 했더니 아기같은 목소리들이 "그러면 타임머신 오는데 어떡해요!" 한다.
    나는 학생 때 종종 타임머신을 만들겠다며 우스갯소리를 했었는데, 내 친구는 그걸 또 헷갈려 하며 '타임캡슐' 만들면 자기도 꼭 데려가라고 했었다. 아이들 덕분에 타임머신 타고 그때 그 추억 속으로.

3 아이들은 창문에 매달려 반대로 나를 관찰한다. 수업이 끝나고 빈 교실에 앉아있으면 가끔 창문 위로 머리가 올라왔다 내려갔다 한다. 키 작은 꼬맹이들이 펄쩍 뛰어 간신히 나를 훔쳐보고 내려가는데 알면서도 모른 체한다. 그렇게 서로를 몰래 관찰하는 행동에 애정이 담겨있다.

4 아이들의 말투는 어쩐지 웃기다. 미소가 지어진다. 이런 말투를 계속해서 들을 수 있는 나의 일은 즐겁다. 이런 위트와 애정이 담긴 말들이 내 안에 쌓여간다.

5 "(귓속말로) 선생님 오늘 치마가 선생님 옷 중에 제일 이상해요. 그 베이지색 치마가 제일 예뻐요. 하얀색 브라우 '니'랑 입은 치마요." 브라우니, 하하.

6 재잘거리는 만큼 내 이야기도 잘 들어주는 나의 귀여운 굿리스너들. "선생님 지갑 잃어버렸어." 라고 아침 시간 넋두리를 했는데 6교시에 "선생님 여기 선생님이랑 똑같은 경험을 한 사람이 있어요." 하며 읽던 책을 들고 와 보여준다. 아, 나는 아침에 이야기하고 잊고 있었는데 온 하루 선생님 생각을 해주었다니. 마음의 치유.

7 나의 어린이들에게 '좋고, 싫고, 미안하고, 멋쩍고, 부끄럽고, 망설여지고, 화가 나고, 사랑스럽고, 기쁜.' 이 풍부한 마음들을 제때에 알맞고 당연하게 표현할 줄 아는 게 최고 멋진 거라고 꽉 찬 7년 동안 이야기했는데 사실 내가 제일 못한다. 나는 여전히 감정 표현이 서툴고 가끔 아이들의 본능적이고 솔직한 그 표현들이 부럽다.

8 꽉 찬 7년 우리 반 헤어지는 인사는 '선생님 사랑해요'로 강요. '억지 사랑인사'일지라도 멋쩍은 그 인사가 당연해지는 모습을 지켜보는 게 흐뭇하다.

나는 친절함과 상냥함에 약하다

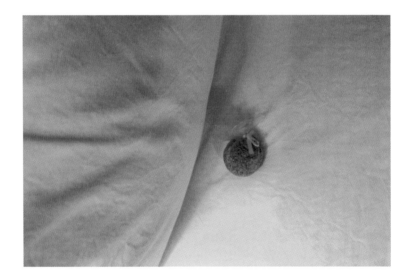

크로아티아 스플리트에 도착했다. 지도를 보며 커다란 캐리어(내 캐리어는 정말 크다)를 끌고 조금은 오르막길을 올라간다. 울퉁불퉁한 돌바닥에 캐리어가 더 무겁게 느껴져서 아예 앞으로 놓고 두 손으로 밀기 시작한다. 그래도 걸림돌이 있으면 캐리어를 번쩍 들어야 했다. 이것도 힘들어 한방에 넘어가자 하고 '우다다다' 달려가며 앞으로 세게 밀었다가 캐리어도 나도 수직으로 넘어졌다. 앞에 있던 커다란 캐리어 위로 내가 포개졌다. (오늘도 웃긴 나의 여행)

이렇게 큰 캐리어는 계단뿐인 숙소에서 나를 가장 쩔쩔매게 만들었는데, 오늘 도착한 숙소는 앗싸! 1층이다! 가뿐히 캐리어를 끌고 들어가자 따뜻하고 리드미컬한 노랫소리가 흘러나왔다. 상냥한 호스트 할머니의 센스. 할머니께서 우리가 처음 방에 들어왔을 때 노래가 흘러나오도록 라디오를 틀어놓으셨다. 할머니의 집에는 노랫소리처럼 필요한 모든 것이 꼭 제자리에 센스 있게 놓여있어 구석구석 감탄하기 바빴다. 이곳에 온 마음을 뺏겨 오는 길 넘어져서 욱신거리던 무릎도 어느새 잊혔다. 한참을 감탄하고 침대에 누우니 베게 밑에는 동그란 라벤더 주머니가 놓여있다. 친절함을 숨겨놓다니, 어쩜 이래. 아, 이 할머니 감탄하기도 지친다.♡ (그런데 이걸 발견한 우리도 참 용하다.)

두브로브니크 집주인이 직접 적어준 상냥한 손글씨 안내서

우유니에서 비행기를 타고 라파즈 공항에 도착했다. 바로 터미널로 이동해 야간버스를 타고 페루로 가는 여정이다. 그런데 하필 몇 달에 한 번 있다는 큰 축제날. 모든 길이 차단되었다. 공항에서 쩔쩔매고 있는데 현지인들이 모두 한 트럭 뒤에 올라탄다. 시내까지 간다기에 딱히 방법이 없어 같이 올라탔다. 트럭 위에 서로 어깨를 마주 대고 서서 한참을 간다. 신기한 듯 서로를 힐끔거리며 시내까지 나왔다. (친구랑 이먼 곳까지 와 트럭 위에 서 있는 꼴에 웃음을 참느라 혼났다) 내려서 보니 엄청나게 큰 장이 서 있고, 도로 위 차들도 주차장 마냥 서 있다. 남미에 와서 처음으로 당황스러운 날이었다.

내린 자리에서 움직이지 못하고 있으니 같이 트럭을 타고 온 현지인이 나서서 도와준다. "오늘 제시간에 터미널까지 가려면 케이블카를 타고 가야 해. 내가 그곳까지 데려다줄게." 트럭 뒤도 놀라웠는데, 케이블카? 생각지도 못한 교통수단이었다. 케이블카 타는 곳은 생각보다 멀었다. 선뜻 도와준다기에 가까운 곳인 줄 알았는데, 크게 선 장을 가로질러 꽤 오래 걷는다. 이 청년의 시간을 뺏어도 괜찮은 건가. 말이 통하지 않아 미안함 가득한 표정을 짓다 보니 얼굴이 점점 못생겨진다. 못생김으로 내 진심을 전할 수만 있다면! 이 청년은 오히려 우리에게 괜찮은지 묻는다. 케이블카 타는 곳에 도착하니 이번엔 표 사는 줄이 운동장을 한 바퀴는 두른 듯 어마어마하다. 어떡해. 라파즈 청년이 이번엔 자기 지갑에서 교통권을 꺼내준다. 그 고마움까지 못생긴 얼굴에 담느라 표정이 잔뜩 일그러진다. 이렇게 많은 친절을 받고 못생김만 돌려주다니. 이 청년은 케이블카 문이 닫힐 때까지 손을 흔들어준다. 청년이 시야에서 사라지자 이번엔 라파즈의 전경이 눈에 들어왔다. 장관이다. 예상치도 못한 광경에 순간 허-억, 모두 숨넘어가는 소리만 낼 뿐 잠시 정적이 흘렀다가 곧 넘치는 흥분에 케이블카가 마구 흔들렸다. 와, 오늘은 정말 럭키야. 마음이 따뜻했다.

여행 전 친구가 챙겨준 상냥한 물건들

우여곡절 끝에 터미널에 도착했다. 그런데 이번에는 페루행 버스표가 모두 매진이다. 진짜 어떡해. 어쩔 수 없이 다른 곳으로 돌아가는 버스표를 샀다. 버스 시간을 지키지 않는 경우가 많다고 들었는데 역시나 버스가 오질 않는다. 그나마 안심이 되는 건 스페인어를 잘하는 사람도 튼튼하게 생긴 건장한 남자도 현지인도 서양인도 동양인도 모두 똑같이 기다린다는 점이었다. (물론 동양인은 우리 둘뿐이었다) 함께 기다리던 브라질 커플과 이 황당한 상황 덕분에 금세 친구가 되었고, 우리는 길에서 평범한 일상 이야기부터 손톱 손질까지 하며 조금은 즐겁게 기다릴 수 있었다.

버스는 두 시간 후에나 나타났다. 우리는 다음 날 아침 페루에 도착할 때까지 자다 깨서 버스를 세 번이나 바꿔 타야 했다. 자고 있는데 불쑥 스페인어로 해주는 안내말도, 계속 옮겨 실어야 하는 캐리어도 너무 신경이 쓰였는데 그때마다 브라질 커플은 우리를 챙겨주었다. 밤새 중간중간 뒤돌아 우리의 안부를 확인해주어서 계속해서 눈이 마주쳤다. 상냥한 눈인사가 가득 찬 버스를 타고 페루에 도착했다. 내려서도 자꾸자꾸 뒤돌아 쳐다봐준다. 그 돌아봐 주는 눈빛이 고맙고 좋아서 새로운 아침도 못생긴 얼굴로 시작했다.
마음이 차가워지려 할 때마다 뜨거운 마음들을 만난다.

학교에서나 밖에서나 의도적으로 따뜻한 맞장구를 치려고 애쓰진 않지만,
나의 상냥함은 '저도 상냥하게 대해주세요.' 하는 것과 같다.
쌀쌀맞은 마음은 좀처럼 가까워지기 어렵다.

그라나다. 알바이신 지구.
가파른 돌길을
조심조심 내려가다 보니
어느새 바닥만 쳐다보며
걷고 있다. 그런 때
〈머리 위에 꽃나무 있음〉
이라고 말해주는 흔적들.
친절하여라.

한적했던 골목은 며칠 새 축제의 거리가 되었다.
축제를 준비하는 과정을 지켜볼 수 있어 즐거웠다.

여행 중 여행 떠나기. 무언가 낭만. 하트

서른 살이나 먹은 나는
멀리 떠나온 곳에서 혼자 기차를 타고 조금 더 멀리 여행을 할 때면
어른이 된 것 같은 기분이 들었다.
'하하 좀 멋지군.' 이런 어린이 같은 생각.

포르투갈 리스본에서 신트라로 가는 기차 여행.
꾸물거렸더니 오늘의 기차여행은 입석이다.
그래서인가 오늘은 어쩐지 서울 가는 지하철같이 느껴진다.
이제 익숙해졌는지 자꾸 여러 언어도 한국말로 들린다.

포르투갈 신트라. 페나성.

1 달의 산이라고 불리는 세라 꼭대기에 있는 페나성.
구름이 어찌나 빠르게 움직이는지 성 꼭대기에 있는
내가 구름 속에 있다, 밖으로 나왔다.

2 쌀쌀한 날씨 탓에 평소 잘 마시지도 않는 커피를 시켜놓고 보니
커피잔에도 구름이 들어왔다 나갔다 한다.
구름이 들어오는 순간을 잘 맞춰서 마셨다.

오늘은 버스 여행 – 매일 소풍 가는 기분

　내 마음도 머리도 가장 싱싱하고 건강하다는 기분이 들었던 날.

　버스 맨 앞자리에 앉는 걸 좋아한다. 스크린 같은 커다란 창으로 산
이며 동네 가로수, 곧게 뻗은 길을 보는 게 좋다. 소풍 가는 기분이 배
가 되어 좋다. 마치 재미있는 영화가 끝없이 계속되는 것 같다. 편안함
이 더 좋은 건 물론이지만, 버스와 지하철의 낭만을 아는 내가 좋다.
지하철 문에 붙어 서 있다 보면 창으로 보이는 한강이 좋다. 한강도 노
을 진 분홍색 하늘도, 핑크 구름도 지하철에서 볼 때 가장 예쁘다.

　　포르투에서 리스본으로 가는 내내 나는 너무 싱싱해서 도통 잠을
잘 수가 없었다. 버스 맨 앞자리에 앉아 계속해서 창밖을 앞으로도
옆으로도 바라보았다. (맨 앞자리의 특권) 새로운 도시에 도착하자
나는 더 싱싱해졌다. 들뜬 마음에 신나게 내려 지도를 찾다 보니 아
차, 내 캐리어! 어쩐지 몸이 너무 가뿐하더라니. 신이 나서 날아갈 것
처럼 가뿐한가 보다 했는데, 그냥 내 몸만 달랑달랑 내린 것. 그래도
금방 깨달아 다행이야 하며 되돌아갔더니 악, 이번엔 버스가 모두 똑
같이 생긴 것. 어떤 게 내가 타고 온 버스일까.

기차도 타고 버스도 타고 다녀온 줄무늬마을, 포르투갈 코스타노바.

여행 중 좋아하는 시간

밤보다 새하얀 시간을 좋아하는 나도
여행지에선 해가 저물어 어둑어둑해지는 이 시간이
유난히 설레고 좋다.
피곤한 다리도 조금은 긴장이 풀리고,
약간은 선선해지고
조금은 더 반짝이는 시간.
끝이 난 여행지의 하루가 아쉽고
동시에 집에 두고 온 것들도 보고 싶어지는 시간.

난 대부분 해가 지면 쓸쓸한 기분이 드는데
여행 중에는 낭만적인 주황빛에 마음이 더 따뜻해지는 것 같다.
이 시간이면 감정적 허기와 감정이 꽈악 찬 상태가 같이 온다.

햇볕도 나른해지고 차분해지는 시간. 모두가 금빛이다.
그 안에서 모든 순간이 눈부시다.

그 안에 반짝반짝해진 나도, 우리도 있다.

스페인 세비야. 여행 13일째.

1 오늘은 달이 무척 예뻐요.
1-1 여행이 시작되고 여러 밤이 지났다. 오늘 밤은 이 예쁜 달을 보고 있으니 집에 있는 가족도 너도 멀리 있지만 함께 같은 달을 보고 있을 생각에 신기하기도 좋기도 하다. 그러다가 '아 그곳은 아침이겠구나.'라는 사실에 이마를 탁, 치고 아쉬운 마음이 잠시 들었다. 그래도 소중한 사람들이 몇 시간 전 보았던 달을 보고 있단 사실에 반갑기도 하다. 모두 잘 있겠지. 저는 아주아주 좋습니다.
1-2 그것도 스페인 광장 위 새초롬한 달이라니.♡

2 세비야, 밤이 아름다운 도시. 낮 시간은 골목 곳곳에서 쉽게 볼 수 있는 온도계가 42도를 알려준다. 며칠 먼저 세비야에 도착한 동생이 보내준 메시지 '핵더위로 멘붕.'이 아주 정확히 맞아떨어졌다.

3 평소 하늘을 자주 올려다보곤 "달 좀 봐, 오늘 달이 너무 예뻐."같은 말을 하는데, 스페인 여행에서 돌아와선 "아-♡ 세비야에서 본 그 달이다."하고 이야기하게 된다.

스페인 바르셀로나. 여행 24일째.

낯선 중 반가움.

1 며칠 전 익숙한 것들을 떠올리게 했던 새초롬한 달이 꽉 찬 동그라미가 되었더라.

2 여행의 마지막 도시 바르셀로나에 도착했다. 한국에서 내 친구가 오고 있다. 매일 집 앞에서 만나다 까탈루냐 광장에서 만나자는 약속이 새로웠다. 낯선 도시에서 아주 익숙한 십년지기 친구와의 약속.

3 그새 새롭게 익숙해진 것들도 많아졌다.

4 여행 중 6일은 낯선 사람들과 함께했다. 이 낯선 사람들은 여행의 다정한 공기 속에 금세 가까워졌고 익숙해졌다. 그리고 6일 후, 우리는 모두 헤어져 각자의 여행을 하다 마지막 도시 야경이 내려다 보이는 곳에서 다시 모였다. 얼마 전 새초롬한 달을 같이 본 낯선 사람들이 익숙한 사람들이 되어 함께 꽉 찬 달을 보고 있다. 오늘 밤 달은 반가운 달이다.

나는 파리의 밤을 열렬히 사랑한다.
그것은 고향이나 애인을 사랑하는 것처럼 본능이고
근원적이며 불가항력적인 사랑이다.
나는 내 모든 감각으로, 밤을 바라보는 눈으로, 밤을
호흡하는 코로, 밤의 고요를 듣는 귀로, 밤의 애무를
느끼는 온몸의 촉각으로 파리의 밤을 사랑한다.
/ 기 드 모파상. 〈밤〉 1887

파리는 당신의 남은 일생동안 당신이 어딜가든
함께 머무는 마음속의 축제다.
/ 어니스트 헤밍웨이

내가 늘 좋아하는 시간

1 황금빛 밤이 무색할 만큼 뻔뻔하게 뽀얀 아침.
2 새하얀 이 시간이 좋아서 오늘 하루도 다시 걷고 또 걷고.

1 뻔뻔하고 뽀얗고 새하얀 아침 2

2 벨렘지구행 버스에서 내려서 다들 제로니무스 수도원으로 직진한다. 줄이 어마어마하다. 나도 꼭 들어가 보고 싶어서 아침 일찍 서둘러 나온 건데 우르르 내린 버스 무리에서 나 혼자만 갑자기 반대로 간다. 옆으로 보이는 한적하고 꽃이 흐드러지는 길이 탐나서 아주 잠깐 고민하다 팽 돌아섰다. 이 쏟아지는 꽃, 예쁜 공원에서 한참을 넋 놓고 있다 보니 점심 약속 시간이 다 되었다. 그제야 아쉬워 수도원 앞에서 알짱거리다 낯선 곳에서의 점심 약속도 특별해 즐겁게 돌아왔다. 낯선 곳에서의 점심 약속과 꽃과 공원을 좋아하는 내가 좋다.

상추 폭발

씨앗 심기 수업 후 며칠이 지나고 화분 하나가 자꾸 부풀어 오른다. 씨앗이 흙 속에 묻혀있을 땐 모두 똑같아 보였는데, 도대체 요 꼬맹이들이 상추 씨앗만 얼마나 많이 심은 건지 싹이 돋을 자리가 없어서 흙이 물 끓어 넘치듯 한다. 아이들이 볼 때도 보지 않을 때도 화분은 교실 한편에서 꾸준히 흙을 뱉고 있다. 그러더니 곧 초록색 생명체가 폭발했다. (폭발했다는 표현이 가장 적절하다) 어린 상추가 서로 나오겠다고 폭발한 듯 빼곡히 자란 모습이 웃기다. 이제는 우리 반 모두 수업을 하다가도 습관적으로 힐끗 보며 넘친 흙과 초록만큼 웃음이 터진다. 대부분 큰 웃음이다. 작은 화분에서 무언가 자꾸 폭발해 많은 것이 쏟아진다. 마치 어디로 튈지 모르는 우리 반 아이들의 모습 같기도 하고 여행 중 충만해지는 나의 마음 같기도 하다.

재미도 있지만 웃긴 일이 많았으면 좋겠다. 흠뻑 웃을 수 있는 일이 일어난다는 건 행운이다. 평범하거나 최악인 하루에도 순간 웃음이 있었다면 '그래도 웃었으니까 됐어,'라고 생각한다. '그래도 본전은 뽑았어!' 이런 느낌. 우리 반 어린이들의 일기처럼 '참 재미있었다.', '-해서 웃겼다.'로 끝나는 아이 같은 감정. 하루의 끝에 곱씹을 웃음이 있다면 누가 봐주지 않아도 소리 없이 폭발하는 새싹처럼 끓어 넘치는 흙처럼 풍부하게 살아있구나 실감한다. 괜찮은 하루.

우리 반 어린이가
싫어하는 것은
무엇일까?

브로콘리 : 정답

닫기

16/ 9/ 15 오늘은 오랜만에 여행지의 사람들에게서 추석을 핑계로 연락이 왔다. 일상으로 돌아오니 어쩔 수 없이 사이가 소원해지는 느낌이었는데, 명절은 오랜만에 닿을 핑곗거리로 훌륭했다.
　그중 한 명은 우리의 여행에 대해 "신기루 같지."라고 말해주었는데 사라진다 해도 그 단어가 나쁘지 않았다. 그 신기루 속에 가득히 평화가 있었으니.

17/ 1/ 11 여행을 추천하고 추천받는 일은 매우 즐겁다. 나의 여행이 누군가를 움직이는 동기를 부여하고, 나는 친구가 신나서 이야기하던 곳을 직접 확인한다.
　오늘은 파리행 티켓을 끊었는데 내가 제일 먼저 생각났다는 연락을 받았다. 지난번 가장 좋았던 여행지를 물어보았을 때, 나는 파리라고 대답했었다. 하지만 왜냐고 묻는 네 질문에는 그저 '다─ 너무 좋은데.'만 반복할 뿐 이유는 설명하지 못했는데, 이야기하는 내내 내가 너무 달뜬 얼굴이었는지 내 마음이 다 전달 되었나 보다. '너에게 파리 이야기를 들었을 때 이렇게 될 줄 알았어.'라는 말이 참 고맙고 좋았다.
　또 나의 지난 여행 이야기를 듣고 몇 주 전 포르투갈로 떠난 언니는 내가 이 책을 준비하는 내내 사진과 이야기를 보내주어 그곳의 안부를 전해 들을 수 있었다. 역시나 고마운 마음.
　다른 시간이지만 같은 공간에서 공감할 거리가 생기고, 여행이 끝나면 같은 달뜬 얼굴로 만나 그것을 풀어놓는 시간이 좋다. 한잔하며 하는 그곳의 이야기는 술도 시간도 우리 사이도 더 맛있게 한다.
　여행에서 돌아와도 우리의 일부분은 그곳에 남는다는 글을 읽은 적이 있다. 그렇담 그곳에 남아있는 각각의 우리도 지금쯤 만나 함께 있을까. 먼 곳에 남아있는 우리의 일부분이 외롭지 않아 다행이다.

여행 중 우연히 만나게 되는 곳

천국에서 물수제비를 배웠다. 생각보다 금방 성공했습니다. 브이.

세비야에서 론다로 가는 길. 계속해서 흙이고 풀인 곳을 한 시간쯤 달리다 갑자기 그 사이로 에메랄드빛 호수가 보인다. 다 같이 한 쪽 창에 붙어 쳐다보다 더 가까이 가보기로 한다. Zahara de la sierra. 산 중턱 큰 호수를 끼고 있는 마을. '호수 위의 하얀 마을'이라고 불리는 곳. 마을보다 이 천국과 닮은 호수가 더 크단다. 안달루시아 여행 중 가장 좋았던 곳. 천국에 온 듯 황홀한 내 표정을 거울을 보지 않아도 네 얼굴에서 확인할 수 있었다. '우리 모두가 똑같은 기분이군요.'라고 확신했다.

여행 중 꼭 들르는 곳

- flea market

- vintage shop

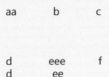

a 우유니 어디서든 볼 수 있는 라마 손가락 인형. 무섭게 생겼거나 불량이 많아 잘 골라야 한다. b 페루. 'pink salt'라니, 보자마자 생각난 야무지고 예쁜 살림꾼 친구에게 배달 완료. c 크로아티아 마켓에서 가장 많이 볼 수 있는 생수. 크로아티아와 아주 잘 어울리는 꽃무늬 물병이다. d 스플리트. 아침 일찍 나오니 집 앞에 플리 마켓이 열렸다. 예쁜 그릇이 많았는 데 여행 일정이 많이 남아 가져올 수 없었다. 사올걸. e 포르투 볼량시장. 사올걸 2. f 뉴욕 디즈니 스토어. 삼십 대지만 나를 위한 딸랑이. 지금 내 침대 머리맡에 걸려있다.

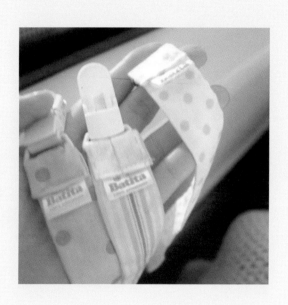

포르투갈 기차여행 중 구매. 아가들 쪽쪽이 연결 끈(이지만 내 것). 패브릭이 맘에 들었고 나도 무언가 연결할 것이 있겠지. 이렇게 작고 (친구들이 말하길) 쓸데없는 것들을 많이 쟁이고 있다. 하지만 나만의 확실한 기준과 취향으로 늘 곰곰이 생각하고 신중하게 쇼핑을 합니다.

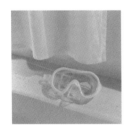  

a b c

a 활동적인 내 친구가 말했다. 원영주가 갖고 있는 하얀색 중 가장 예쁘다고.
b 조심조심 가져온 것. 치앙마이. 그릇. c 여행 중 하나씩 늘어나는 보따리.

이런 사진용. 벗어놓자. 마드리드.

postcard

뉴욕에서 못 사고 아쉬웠는데
한국에 있었다.
사고 보니 made in Japan.

L 파리 개선문에서 구매.
루브르 박물관 종이접기인데
아까워서 오릴 수 없다.
R 그라나다 전망대 올라가는
길에 구매.

가을 소풍으로 아이들과
국립중앙박물관에 갔다가
구매.

L 뉴욕 빈티지 마켓에서
1달러에 산 손수건.
R 르누아르 엽서.
시카고 미술관에서 구매.

L 디자인이 독특해서 겟. 타이완.
R 오프너. 이비자 히피마켓에서
구매. 그날 밤 해변에서 요긴하게
사용했다.

랜드마크 엽서.
빈티지한 색감의 에펠탑.
개선문 위에서 구매.

가장 반짝이는 것으로 고른
자유의 여신상. 실제로 보면
어마하게 번쩍번쩍하다.

a

bx7   c

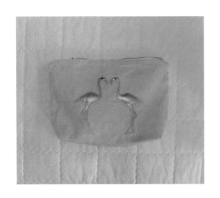

a 방콕. 플라밍고 파우치.

b 파리. 하트 무늬 캔들. 며칠 뒤 친구 생일을 위해 구매. 요 작은 초만 구매했는데 크고 예쁜 파우치에 담아주었다. 메르시.

c 외국에서 기념품을 사면 담아주는 다양한 플라스틱 백은 모두 촌스러우면서 귀엽다.

e

f f

gg

e 포르투. 하얀색 물건을 좋아하고
파우치 쇼핑을 즐기는 나에게 딱.

f 뉴욕 플리마켓. 각 $1.

g 자다르. 이른 아침 집 앞에
핸드메이드 샵이 죽 늘어서 있다.
손뜨개 룸슈즈.

a 뉴욕 첼시마켓에서 산 드림캐처. 일 년째 방에 걸려있는데 무서운 꿈은 여전하다. 아마 효과는 없는 듯. 그냥 예쁜 효과. b 바르셀로나 플리 마켓, 첫 가게에서 보자마자 겟. 이걸 쓰면 온 세상이 정말 예뻐 보여서 모두에게 씌어주고 싶다. 마음이 말랑말랑해지는 안경. 쓰면 착해질 것 같다. c 포르투. 마음에 드는 4유로짜리 그릇을 만지작만지작 들었다 내려놨다 한참을 망설이다가 에잇, 눈 질끈 감고 나왔는데 나오자마자 맞은편 가게에서 리본 끈을 3.45유로로 치 샀다.

크로아티아에서 5유로에 고른 오렌지색 원피스. 그곳의 태양과 똑 닮은 원피스.
아직도 두브로브니크의 햇볕 냄새가 나는 것 같다.

리스본. 조그만 장갑 가게.
할아버지께서 할머니 장갑을 사주시느라고 나는 들어갈 자리가 없다.

탐나는 것

요즘 가장 가지고 싶은 건
세상 모든 것들의 노하우.
이건 정말이지 탐이 난다.

얼마 전 우디 앨런의 영화를 보고 82세 할아버지의 감각이 어찌나 탐이 나는지. 하지만 학교에서 꼬맹이들이 만들어주는 실반지의 똑똑한 컬러감에도 자주 놀란다. 모두 그들의 아름다운 결과물.

하루는 교실 앞에 앉아있는데 뒷문으로 (늘 그렇듯, 전혀 주의 깊지 않게, 세상 산만하게 우당탕) 들어오던 우리 반 꼬맹이가 모서리에 무릎을 부딪쳤다. 그리곤 아프다는 표현을 목청껏 (정말 솔직하고 아주 시끄럽게) 하고 있다. 그 모습을 보고 나는 (이런 말투를 하면 주변에서 직업병이라고 하는데, 나는 잘 모르겠지만, 아무튼 사무적이래도 진심과 걱정과 친절을 담아) '안 다쳤어?, 조심조심 다녀야지, 다치면 큰일 나'라는 류의 말을 했다. 이런 류의 말이란 '선생님은 늙어서 많이 먹으면 살만 찌지만 너희는 골고루 먹어야 키도 크고 건강하게 예뻐져.'라거나, '너희는 하고 싶은 것도 되고 싶은 것도 많아서 좋겠다.', '아직 한참 자라는 어린이들은 몸을 소중히 해야 해.' 이런 것들이다.

물론 나는 세상 젊은이들에 안정적으로 속해있다고 생각하는데, 이 '젊다'는 표현을 사용할 수 없을 만큼 새파랗게 어린 우리 반 꼬맹이들에겐 나는 한참 어른, 상대적 늙은이다. 나이가 많든 적든 나도 모서리에 무릎을 부딪치면 (또는 팔꿈치를 팍 찧었다든가) 악! 엉엉 울고 싶게 아픈 건 마찬가지인데 이 어린이들은 무언가 (그 조그만 몸과 머리에 무한한 잠재력이 있기 때문에) 살살, 소중하게 다루어진다는 것이 오늘따라 부러웠다. 가능성이 우글우글 잠재되어있는 것들은 싱그럽고 예쁘다. 질투 나게.

그러고 보면 많은 것을 이루어 놓은 어른들의 노련함과 노하우, 안정됨도 탐이 나고, 우글우글한 잠재력도 부러운 나는 어른과 아이 어디쯤 속해있을까. 선생님이라는 장래희망을 이루고 7년이 지났다. 7년 동안 나름의 노하우도 쌓였겠지만 사실 정신없이 목표를 위해 달리던 때에서 벗어난 나른한 일상(게으르고 수동적인)을 음흉하게 즐겼다. 안정과 열정 사이에서 언제나 안정을 택했고 이런 생활이 평화롭게 느껴졌다. 그러는 사이 아름답고 똑똑한 것들이 점점 더 많아진다. 그것도 점점 빠르게. 아름다운 것들 사이에서 나른해진 내가 부끄럽지 않게 스스로 더 부지런히 아름다워져야겠다고 생각했다. 싱그러움을 간직하며 섬세하게 나이 들고 싶다.

쇼핑 아니고 뮤지엄.

모네, 고흐, 클림트의 아름다움을 좋아합니다.

그리고 뮤지엄에서 하는 장신구, 그릇, 액자 구경도 좋아해요.

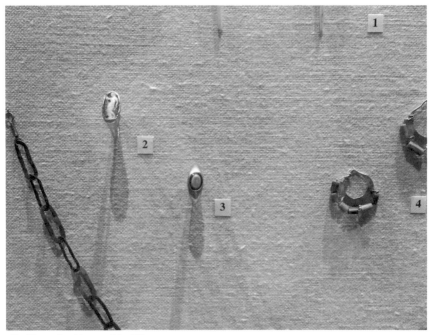

The Metropolitan Museum of Art, NY

Gustav Klimt. The Museum of Modern Art, NY

Meret Oppenheim. The Museum of Modern Art, NY

Gustav Klimt. The Metropolitan Museum of Art, NY

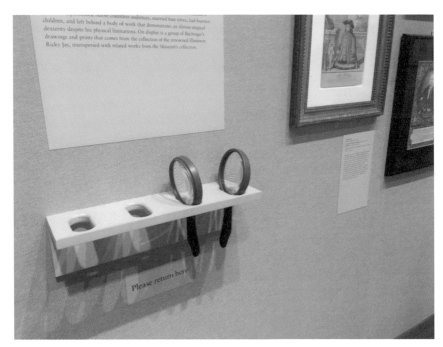

The Metropolitan Museum of Art, NY

Vincent van Gogh. The Metropolitan Museum of Art, NY

Claude Monet. Museo de la Orangerie, Paris

214
215

스페인 엄마와 생일파티
- 바르셀로나에서 맞는 친구의 생일

"조그만 방에서 조그만 케이크, 조그만 생일 축하 노래지만, 많이 많이 축하해."

바르셀로나 우리 집에서 작은 생일 파티. 에어비앤비를 통해 예약한 숙소는 나의 착각으로 '집 전체'가 아닌 '개인실'이었다. 호스트의 집 한쪽 작은방. 게다가 외모, 목소리, 옷차림 모두 섹시했던 스페인 호스트는 우리가 늦게 들어가면 잔소리를 하며 욕실 사용을 못하게 했다. 으~ 어디서나 잔소리는 듣기 싫은 것! 다행히 마음이 넉넉해지는 여행에선 이 잔소리도 "으~ 엄마 같아."하며 웃어넘길 수 있었다. 엄마가 있는 시간이면 우린 작은방에서 소곤거려야 하는 것에 웃었고, 엄마가 나가면 자유를 얻은 사춘기 소녀처럼 신이 나 웃었다. 그리고 엄마가 있던 친구의 생일은 작은방에서 내 원피스를 테이블보 삼아 소곤소곤한 파티를 했다. 축하해.

그렇게 우리는 바스셀로나에 성격은 고약하지만 섹시한 스페인 엄마가 생겼다. 여행을 다녀와서 우리는 자주 스페인 엄마는 뭐 하고 있을까 궁금해한다. 친구와 같이 궁금해할 수 있는 스페인 엄마가 생겨 좋다.

메 리 크 리 스 마 스

16/ 12/ 25 메리 크리스마스 아침.

　시카고행 비행기를 타고 내리니 또다시 크리스마스 아침이다. 크리
스마스 다음 날 또 크리스마스라니! 이 비행기에 탄 누군가가 '크리
스마스 선물로 크리스마스를 주세요.' 한 게 틀림없다. '아 낭만적이
야.' 하며 도착했는데 빨간 날 다들 가족과 함께하는지 모든 가게 문
이 닫혀있다. 결국 우린 여행 첫날, 크리스마스 날, 던킨도너츠에 컵
라면을 먹었다. 유일하게 문을 연 (한국에서도 잘 가지 않는) 던킨도
너츠에서 홈리스들과 함께 도너츠를 먹어야 했고, 한국에서 짐만 될
걸 하며 챙겨간 라면은 첫날부터 요긴했다. 우리가 기대한 미국에서
의 화려한 크리스마스는 아니었지만 웃음은 많은 크리스마스였다.

12/ 3/ 18 부끄럽지만 나의 무심함 때문에 내 방은 아직도 메리 크리
스마스다. 지난 12월 벽에 걸어놓은 크리스마스 장식이 아직도 붙어
있다는 걸 이제야 눈치챘다. 하하. 3월의 메리 크리스마스.
나는 '메리 크리스마스'라는 말이 참 좋다.
따뜻하고 귀엽고 사랑스러운 마음이 듬뿍 담긴 말이다. 좋다.
아직도 메리 크리스마스.
(그래도 3월 18일 크리스마스는 좀 심했다)

2월의 메리 크리스마스

11/ 2/ 23 교사에게 2월은 연말이고 메리 크리스마스고 생일 같다. 일 년 동안 쏟아부은 것들이 배가 되어 돌아왔다. 첫 제자. 첫 종업식. 나 의 꼬맹이들과 학부모님께서 마지막까지 많은 사랑과 마음들을 주고 가셨다. 학기 말은 여느 때보다 바쁘고 힘들지만 그만큼 더 풍성하고 또 그만큼 더 허전하고 마음이 울렁울렁 말랑말랑해진다. 새로운 학년, 새로운 교실로 이동하는 날 보며 첫 부장님은 딸 시집보내는 것 같다 하신다. 정말 울렁울렁. 말랑말랑. 두 번째는 조금 더 무뎌지겠지? 매 해 이렇게 헤어지려면 진짜 너무 울렁거려서 멀미나겠다. 아직은 뭘 해도 초보다. 슬픈 마음이다.

12/ 2/ 15 사랑이 샘솟는 교실, 꿈꾸는 4학년 2반. 세 번째 자식 농사 풍년일세.

13 / 2/ 10 네 번째 제자. 많이 무뎌졌다고 반성했는데 이번 2월도 울 렁거림과 멀미는 여전한 걸 보니 조금 안심이 된다. 다행이다. 다섯 번 째 제자들과는 머리 맞댈 시간을 조금 더 가져봐야겠다.

14/ 2/ 7 오늘의 우리 반. 1학년 아가들. 일 년 동안 성장이 정-말 크 다. 신통방통 이쁘다. 정말. 일 년 내 한글을 몰라 자기 이름도 못쓰던 꼬맹이가 "선생님 사랑해요."라고 써주는 편지가 신기하다. 스스로도 신기한지 같은 글자를 쓰고 또 쓰고 하루에도 똑같은 "선생님 사랑해 요."쪽지를 주고 또 주고 한다. 늘 생각하는 건데 이 일을 계속한다면 평생 "사랑해요." 편지 수백 장은 받겠구나. 따뜻하고 특별한 일터다.

16/ 2/ 12 여섯 번째 종업식도 찡해라. 뭉클. 어쩌면 많이 무뎌지기도, 어쩌면 어디 하나 특별하지 않은 것도 없다.

근사하다

아름다운 문장을 읽으면 당신은 어쩔 수 없이 아름다운 사람이 된다.
(김연수/우리가 보낸 순간, 날마다 읽고 쓴다는 것, 시. p287)

어느 글에서 '근사하다.'라는 단어를 보고 내가 평소 사용하지 않는 단어라 그런지 '이야, 이런 말을 쓰다니.'라고 생각했다. 글을 읽으며 '근사하다.'를 소리 내는 그 입 모양 자체가 참 근사한 느낌이었다. 언제 꼭 알맞은 곳에 사용해보아야지.

하지만 한동안 근사한 일은 없었고 결국 사용하기 전에 까먹고 말았다. 그리고 한참 뒤, 이 책을 준비하며 찾은 오래된 일기에

13/ 6/ 19 독서기록장 검사 – 일학년 꼬맹이들 생각이 참 근사하다. 귀여운 말투도 근사해. 우리 반 꼬맹이들 독서록을 모아 책을 만들면 근사할 듯.

이라고 적어두었더라.

아마 기억하지도 못했던 이때가 '근사하다'라는 말을 처음 사용한 때가 아닐까. 정말 근사한 것을 찾으려 했던 내가 부끄러웠다. 그리고 동시에 꼬맹이들의 생각에 근사함을 느낀 나도 너무 근사하지 않은가. (앗, 나에게도 근사하다는 단어를 붙일 수 있다니!)

계절마다 좋은게 있었어요.

로미오와 줄리엣 글깨비 9/28
아주 신비로운 사랑 이야
기다.

백조의 호수 지경사 6.17
역시 해피 앤딩은 좋은 것 같다 공주님
과 왕자 님은 러브다.

호두까기 인형 지경사 5.16
역시 장난감도 마음이 있다는 걸 알
았다.

모래성 로바트쉰 7.8
내가 만든 모래성이 무너지
다면 나는 기분이 어떨까?

배꼽손 나은희 6/18
인사는 사랑을 기분 좋게 합니다
언제나 웃으면서 인사를
해야겠어요.

우리 아빠 재우기는 정말싫어편랜드 20.6.14
우리 아빠 재우기는 쉬워요

누가 더 친구가 많을까? 박성철 10/15
마음으로 산 친구가 정말 소중 합니다.

못생긴 조개의 골백 익정 5.13
바다속에 조개가 있었습니다. 못생긴 조개 있었습니다.
진짜 그런 조개가 있...

거미와 오기 허동을 7.2
아무리 하찮은 것이라도 우리들에게 도움이되기 때무의 이세상에... 었다.

오라 사의 꼬리슬새 허슬봉 7.2
자기가 어떤 사람을 좋다 싫다
하든걸 심경쓰지 않는 사람도 있다

동시구를 과 뽀 소꿉슴도치 번체림 5.20
... 번에 있는 보른 것들이 평범 하지만
...고 초으며 ...다다

거미 ... 허슬봉 6.29
약간 ...성 스럽고 사랑을 하는
건 무서워 하는걸 극복 하는것과 같다

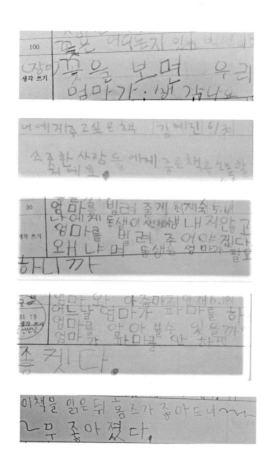

독서기록장을 읽은 뒤 나의 꼬맹이들이 좋아도 너-무 좋아졌다.
숙제 검사는 선생님들의 숙제다. 꼬맹이들이 숙제를 싫어하듯
나도 숙제 검사는 미루고 싶은 것인데
매주 수요일 독서록 검사 날은 늘 기다려진다.

좋은 건 왜 항상 찰나적일까

여행지에선 아직 그곳에 있는데도 이미 그리워졌다. 그래서 항상 다시 떠날 핑계를 찾지만 마냥 좋지는 않다.

어느 날 운 좋게 다시 같은 장소에 있게 되어도 지금 이 순간의 사람과 대화들, 공기, 심지어 나마저도 같을 수가 없다는 걸 잘 알고 있다. 그럼 어떤 방법으로도 다시 돌아갈 수 없는 지금의 내가 생생하게 떠오르고 그리워 조금은 슬픈 마음이지 않을까.

스물두 살, 같은 마음이 들었던 적이 있다. 대학교 친구들과 공원에서 뛰어놀고 있는데 아주머니 아저씨께서 "좋을 때다. 좋을 때야." 하며 지나가셨다. 그때 이야기를 듣고 '아 이 좋은 날도 눈 깜짝할 새 지나가겠지. 내가 누군가를 보며 저 이야기를 하게 될 때면 지금의 우리가 떠올라서 눈물이 날 것 같아.'라고 짧은 순간 참 멀리까지도 생각했었다.

그리고 한참 뒤, 직장인(대학생 시절은 이미 가물가물해진)이 되고 떠난 여름휴가에서 같은 이야기를 들었다. "아이고 좋을 때야~." 그때 스물두 살의 나와 불현듯 마주해 그리워졌는데, 슬프다기보다는 '아 언제나 좋을 때야. 언제나.'라고 생각했다.

여행지에서도 마찬가지다. 여행을 떠날 때마다 추억에 잠기기는 하지만 나는 매번 점점 더 깡충거렸고 싱그러워졌다. 울적해 할 새 없이 그 추억은 바쁘게 짙어져 나를 더 들뜨게 했다. 좋은 일은 찰나적이지만, 모든 찰나 좋을 때다. 언제나.

비행기를 타는 책 – 들고만 다니는 책

　책에도 각각의 운명이 있다고 들었다. 여행길 함께하는 나의 책의
운명은 '읽히는 것'이 아닌 그저 나와 함께 '비행기를 타보는 것'
같다. 일기장도 마찬가지. 일기를 쓰지 않은 날은 가져간 책을 끝내
다 읽지 못하고 도로 가져오는 것과 같은 경우다.

　눈앞의 풍경이 아름다워서, 조금은 취한 밤이라, 너무 신이 나 침
착할 수 없어서, 의식하지도 못한 순간 잠들어버려서, 여행 중 기차
시간에 늦어 부랴부랴 나가느라, 먹느라, 글자 속 이야기보다 지금
내 앞에 있는 사람의 이야기가 더 흥미로워서.

　기록되지 않은 날들은 사진을 보며 겨우 기억한다. 지나고 보니 그
때의 기분과 감정만 둥둥 떠 있어 나의 일들이 모두 어렴풋하다.

기록 없는 여행의 기록 - 그 어렴풋해도 소중한 기억들

포르투. 렐루 서점. 해리 포터의 모티브가 된 곳.
나의 상상력을 키워준 호그와트와 똑 닮았다. 이런
점에서 나의 청소년기에 해리 포터를 만난 건 참 행
운이다. 한 장, 한 장 궁금하고 조마조마하며 책을
읽던 시대가 있었다니, 나의 귀여운 시대.

알함브라 궁전의 의자는 다 너무 예뻐서 모두 앉아보게 된다.
힘들어서 그런 것 아님. 절대 아님.

안달루시아는 분수가 모두 내 맘에 꼭 든다.
작든 크든, 높든 낮든. 유난히 작고 낮은 분수가 많긴 했다.

시들어가는 꽃도 아름답던 곳. 우리는 모든 꽃 앞에 멈춰 섰다.
알함브라 궁전은 정원도 크고 꽃도 많아서 몇 걸음 가지 못하고
자꾸 멈춰 서게 된다. 결국 '우리 이제 진짜 앞만 보고 나갑시
다.'를 반복하며 겨우 탈출해야 했다. 아니었으면 너무 아름다
워서 나오지 못했을 것. 그렇게 겨우 나와선 또 알함브라 궁전
이 내려다보이는 곳에서 (어느 누구도 등지지 않고) 일렬로 앉아
해가 저물 때까지 그곳을 바라보며 저녁식사를 했다.

터키. 이스탄불. 잔뜩 기대했던 루프탑 레스토랑. 하루 전 직접
찾아가 좋은 자리로 예약까지 했다. 음식이 나오자 비가 내리기
시작했다. 천둥 번개와 함께 엄청난 폭우가.

뉴욕 마지막 날 아침. 체크아웃 전에 쓰레기를 버리러 나왔다. 각 층 복도에 설치된 곳에 쓰레기를 버리면 지하 1층까지 이어진 통로로 떨어져 모이는 시스템. 쓰레기봉투를 손목 스냅을 이용해 힘차게 날려보낸 순간, 내 손에서 쓰레기봉투와 함께 날아가는 열쇠가 보였다. 날아가는 키를 너무나 분명히 보았지만 이미 늦었다. 아. 아. 아. 아… 우리 방은 26층이었고, 룸슈즈를 신고 있었고, 지갑도 핸드폰도 다 방에 있다. 살면서 가장 많은 'sorry'를 한 날.

오늘은 갑자기 추위가 시작되어 우유니에서 (아니 남미에서 거의 매일)
입었던 옷 (경량 패딩, 청바지, 목도리, 신발까지/ 이동은 많고 거의 매
일 입다 보니 더운 도시에 덩그러니 떨어졌을 때도 어색하게 입고 있어
야 했던)을 모두 똑같이 입었다. 정전기까지 똑같다.♡ 그곳에선 성가
시던 정전기가 수업 중 자꾸 따끔따끔 나를 그곳으로 데려갔다.

집 앞 골목이 외져서 늦은 밤 돌아올 때 조금 무서울 수
도 있겠다 싶었는데 웬걸. 밤이 되니 집집이 문 앞에 노오
란 작은 봉투가 놓여있다. 그 안에는 조약돌과 캔들이. 사
랑스러운 아이디어. 이 사람들의 일상에는 '앗, 조그만
초에 불을 붙일 시간이군.' 하는 일정이 포함되어있나 보
다. 낮보다 더 밝고 따뜻한 골목이다.

작은 공항에서는 꾸물대지 말 것.
비행기에서 내려서 샌드위치도 먹고 수다도
떨고 여유 부렸더니 시내로 가는 버스가 없네.

터키. 중1 내내 붙어 다니던 친구와 함께한 20대 끝자락 여행이었는데, 사진마다 우리는 그때로 돌아간 듯 해맑은 열네 살의 표정이다. 유난히 말간 얼굴들.

울적한 날이다.
누구나 마음이, 그러니까 이런, 뭉글뭉글 답답한 때가 있을 텐데
다른 사람들은 이런 마음을 어떻게 지나가는지 진심으로 궁금해.
여행지에서의 울적한 느낌은 처음이라 너무 당황스러웠다.

여행 취향이 꼭 맞는 친구가 있다는 건 정말 정말 신나는 일.

나의 여행은 대부분 여름에 일어나서 추운 계절이 되면
그곳의 겨울은 어떤가 궁금하고 걱정되는 마음.

유난히 추위를 심하게 타는 탓에 겨울은 내가
가장 약해지는 계절이지만, 둘둘 말고 있던 목
도리 탓인지 따뜻하고 폭신폭신한 기억들.
뉴욕. 타임스퀘어. 새해맞이 카운트다운.

이런 날이 있었다니!

'아~ 한가롭다~' 라는 말이 절로.

Be free, feel warm.

다정한 시간
따뜻한 맞장구

이 일을 한 지 벌써 7년이 되었다. 나는 여전히 아이들보다 방학을 더 기다리는 선생님이다. 우리 반 아이들과 똑같이 '방학은 신나는 거, 학교는 지루한 거.' 불과 얼마 전까지도 여름방학이 끝나면 겨울 방학식을 기다리고 겨울방학이 끝나면 다시 여름방학까지 날짜를 셌다. 방학이 다가오면 언제나 '떠나야 해!' 하는 마음이 들어 조급해지기도 했다. 방학과 여행은 나를 재충전 시켜주고 풍부하게 만들어 주었다. 그곳에선 절로 기록할 것들이 넘쳐나 잊어버리기 전에 어디서든 휴대폰을 꺼내 적어야 했다. 아마 그 시간의 나는 주위의 것에 한껏 노출되어 흠뻑 흡수할 준비가 되어 있었나 보다.

여행 중 그 행동은 습관이 되어 학교에 돌아와서도 아이들과의 생활을 기록할 수 있게 했다. 그러다 보니 학교에서의 일들도 많은 것이 특별했고, 기록할 거리가 많아진 학교에서 하루는 여행 중의 기분이 들어 묘했다. 이렇게 학기 중과 방학의 경계가 흐려지는 기분은 생경했지만 내가 일과 여행 모두 사랑하는 삶에 가까워진 것 같은 느낌은 확실했다.

　이런 기록을 모으다 보니 내가 좋아하는 것들을 나열한 책이 되었다. 책을 준비하며 새어나간 나의 것들을 다시 챙기고, 내가 조금은 더 촘촘해졌으리라 믿는다.

　그 촘촘해진 망에 나의 평범한 날, 여행 중 만나는 모든 것과 감정들 그리고 당신들이 더욱이 많이 걸렸으면 좋겠다. 우리는 주변의 것들을 늘 나른하게 놓치고 말지만. 섬세한 눈과 마음으로는 어느 하나 기록하지 않을 것이 없다. 여행에서도, 머무는 순간에도 내 안에서 일어나는 감정들을 촘촘하고 충만하게 지나가야만 한다.

　당신도 촘촘한 내 안에서 모든 순간 다정하길.
　나의 사사롭고 소소한 감정과 기록이 따뜻한 맞장구가 되길.

　새 학기와 다음 여행과 모든 만남이 더욱 농밀해질 것 같다.

원 영 주

여행 중 따뜻한 곳에 머물다 보면
벽에 늘 사랑스러운 감사들이 가득하다.

음흉하게 나른해진 내가
이 책을 만들 수 있도록
좋은 자극을 준
감성꾼들, 나의 어린이들.
나와 함께 여행해주어,
생활해주어 고맙습니다.
나도 사랑스러운 감사를.

다정한 시간 따뜻한 맞장구

지은이 원영주
@wonyoungju

7

다정한 시간 따뜻한 맞장구

2017년 02월 13일 초판 1쇄 인쇄 | 2017년 02월 17일 1쇄 발행

지은이 · 원영주
펴낸이 · 김양수
사진 및 디자인 · 원영주

펴낸곳 · 맑은샘 | 출판등록 · 제2012-000035
주소 · (우 10387) 경기도 고양시 일산서구 중앙로 1456(주엽동) 서현프라자 604호
전화 · 031-906-5006 | 팩스 · 031-906-5079
이메일 · okbook1234@naver.com | 홈페이지 · www.booksam.co.kr

맑은샘은 편암함과 감동을 전하는 책을
만드는 출판사가 되기 위해 정진합니다